Apprenare à tracer

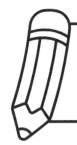 **Les lettres – les chiffres
Les lignes – les formes**

Préparez vos enfants à réussir à l'école maternelle et au-delà avec ce cahier d'exercices d'écriture préscolaire amusante !

Copyright © TOD Colors

Ce livre ou l'un de ceux-ci ne peut être reproduit ou utilisé de quelque manière que ce soit sans l'autorisation écrite expresse de l'éditeur, à l'exception de l'utilisation de citations succinctes dans une critique de livre.

Une belle aventure commence!

Ton crayon est le clé de ta réussite.

Ce livre appartient à

Dites-nous ce que vous pensez de ce livre. Nous Ecoutons. Nous prenons en compte chaque suggestion et essayons de la mettre en œuvre chaque fois que cela est possible. S'il vous plaît, soutenez-nous et laissez un commentaire!

Merci

Ton premier défi à relever:

Trace les lignes doucement pour s'entrainer à contrôler ton crayon.

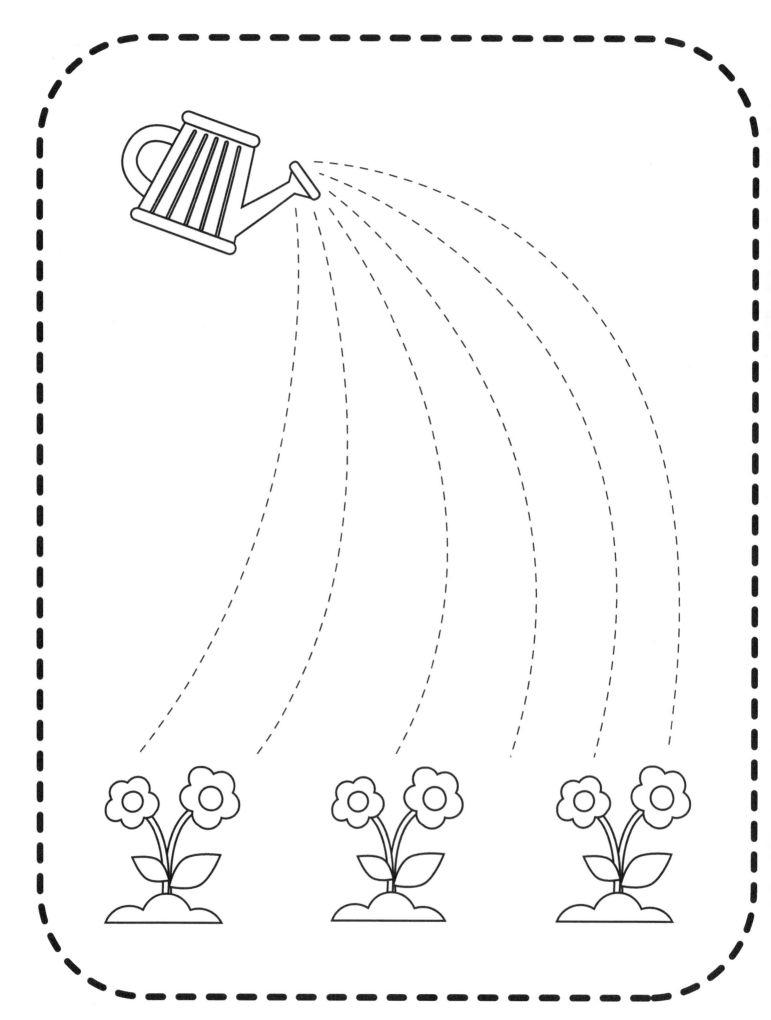

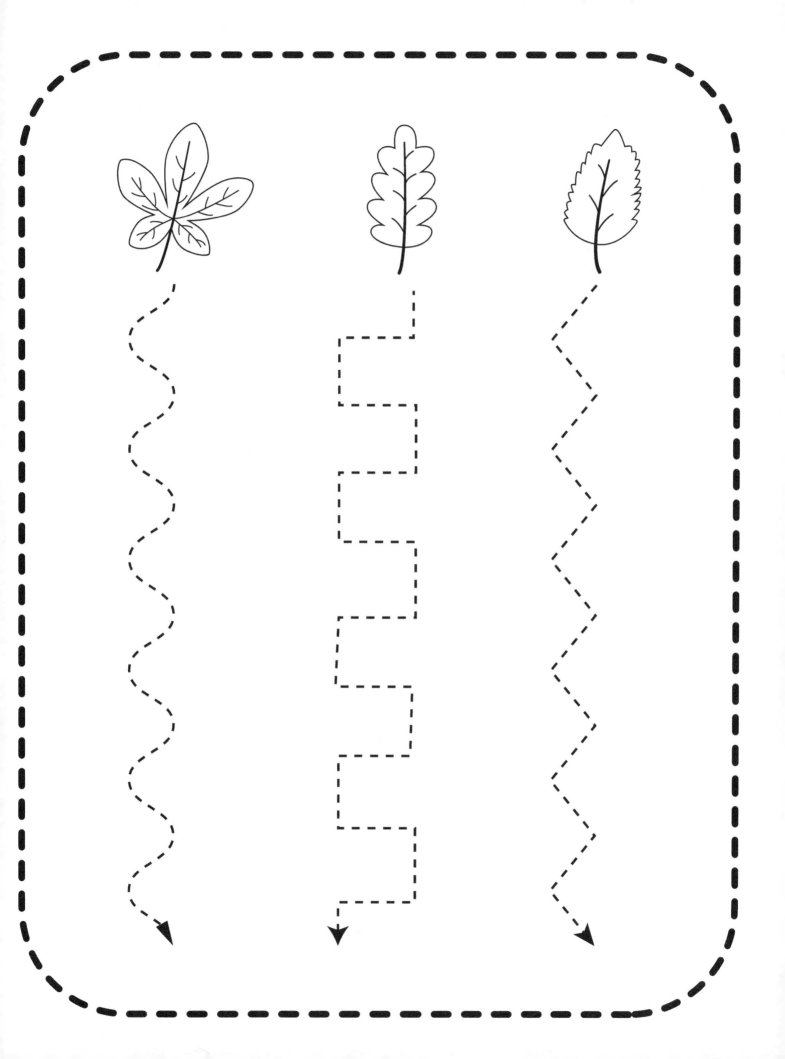

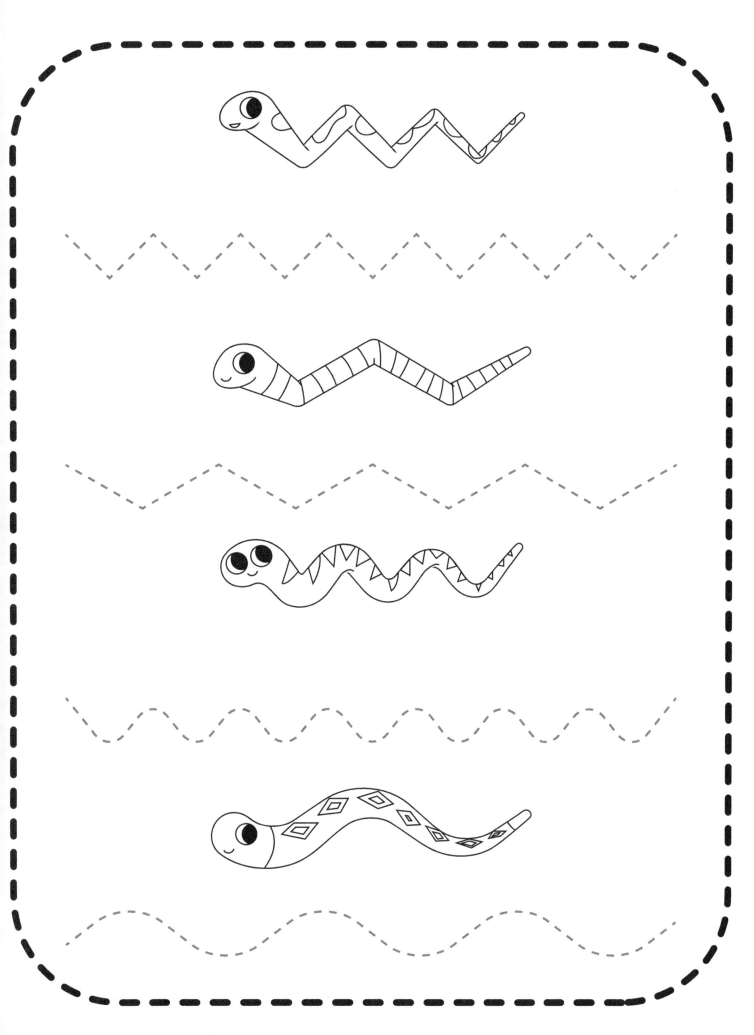

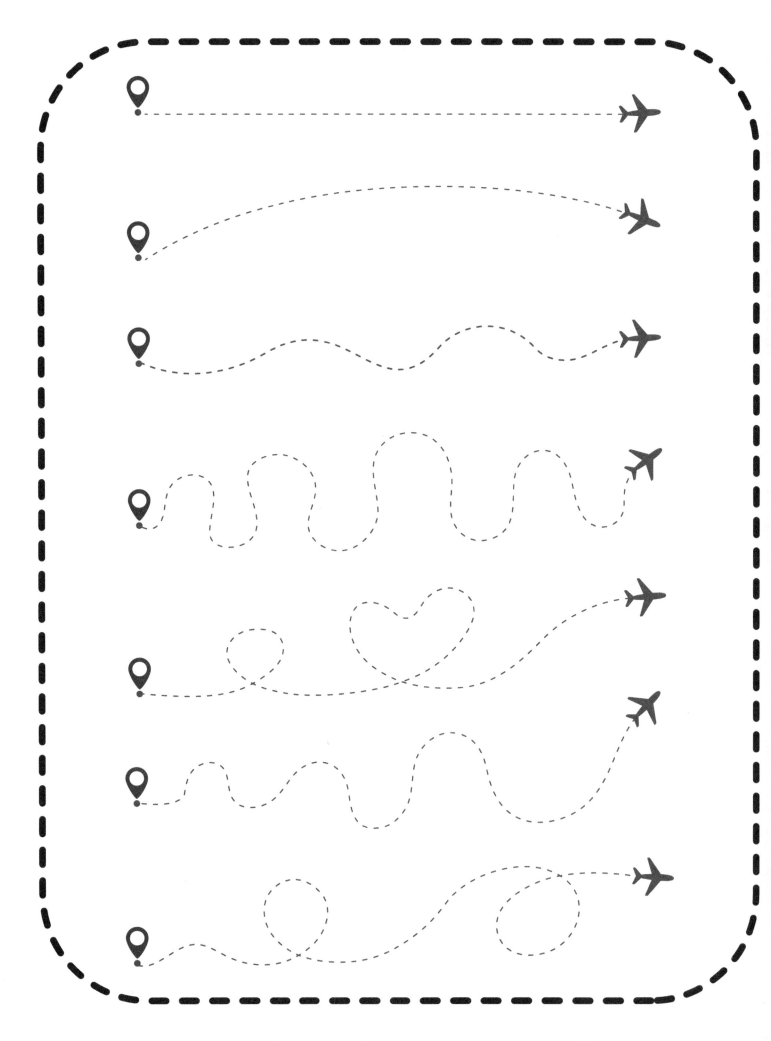

Maintenant, Trace les formes afin de préparer à tracer les chiffres et les lettres.

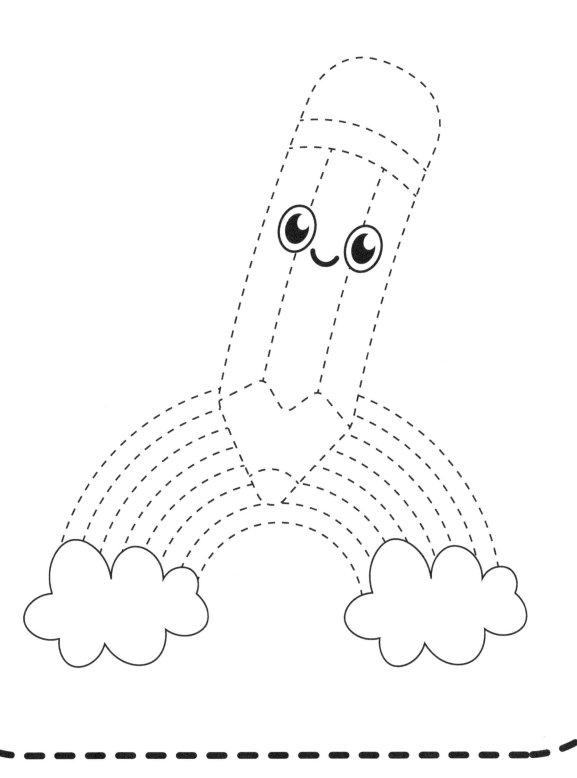

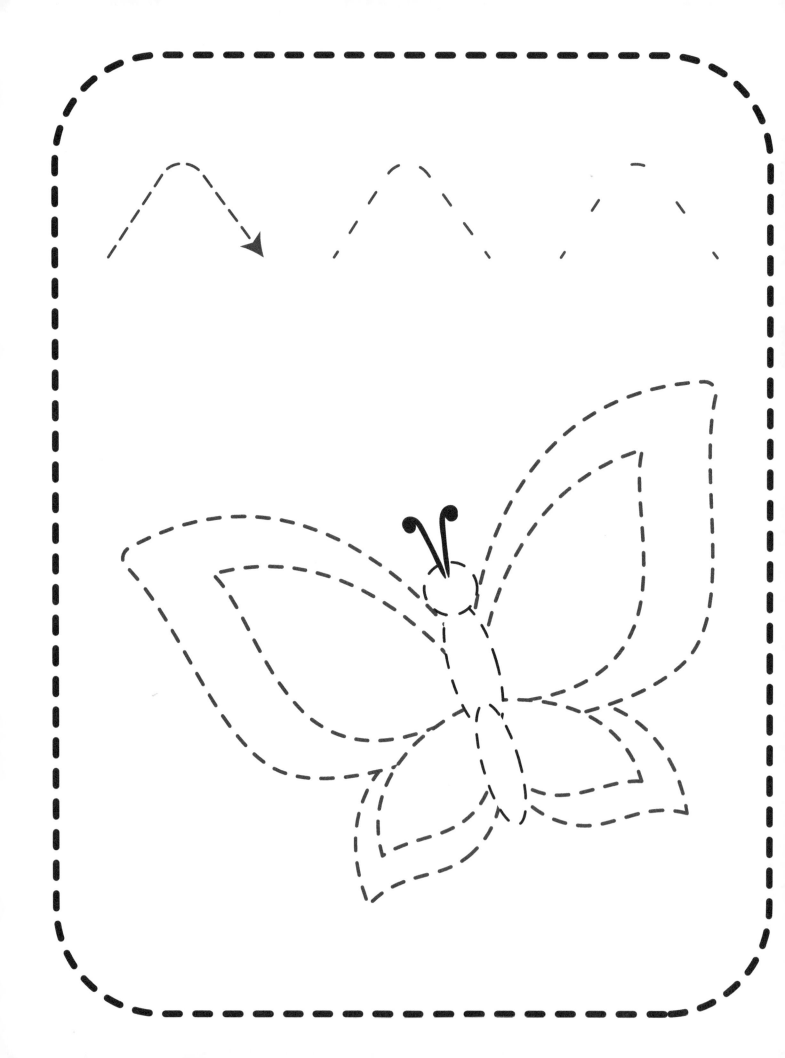

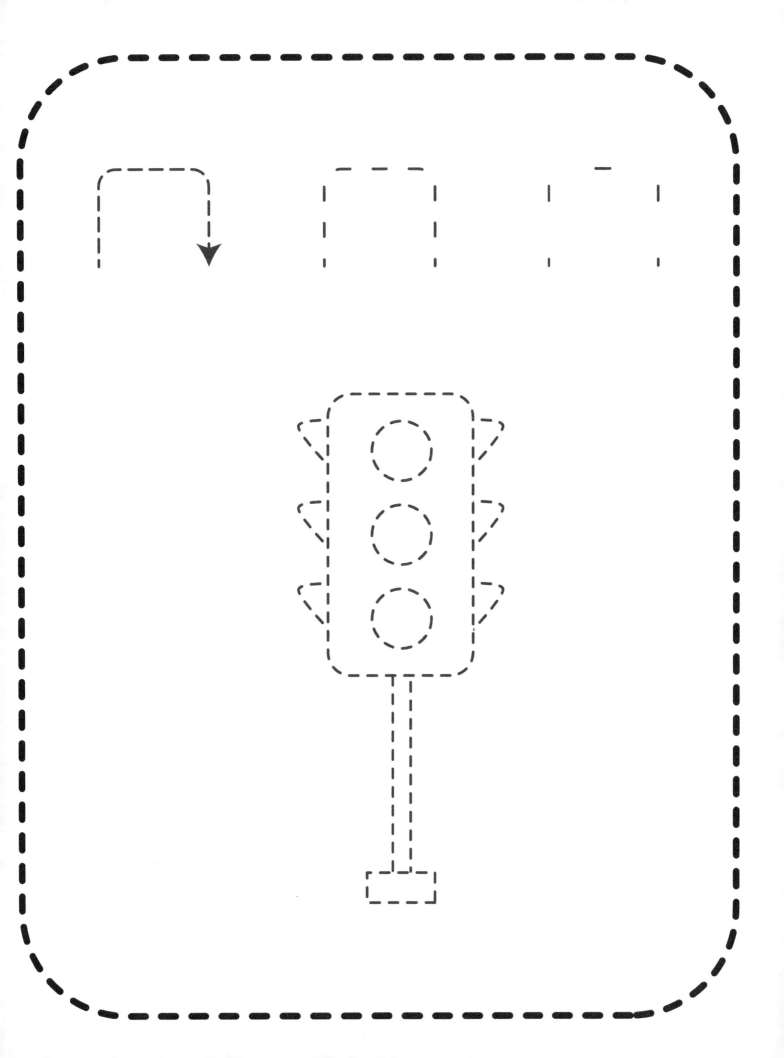

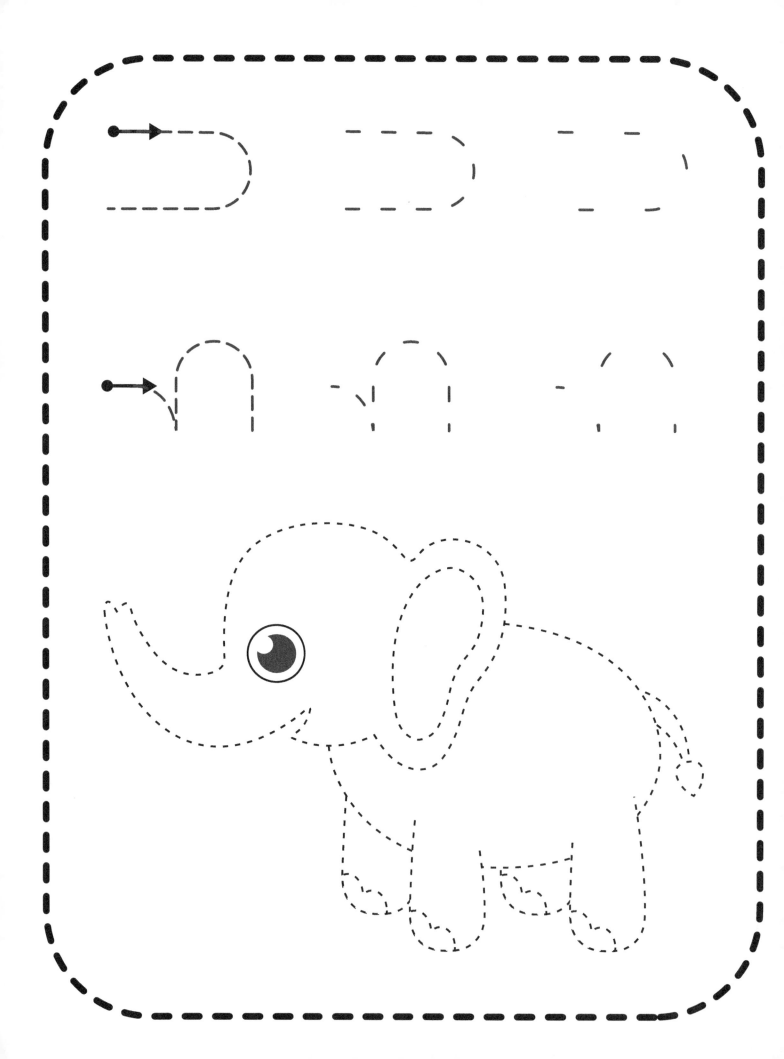

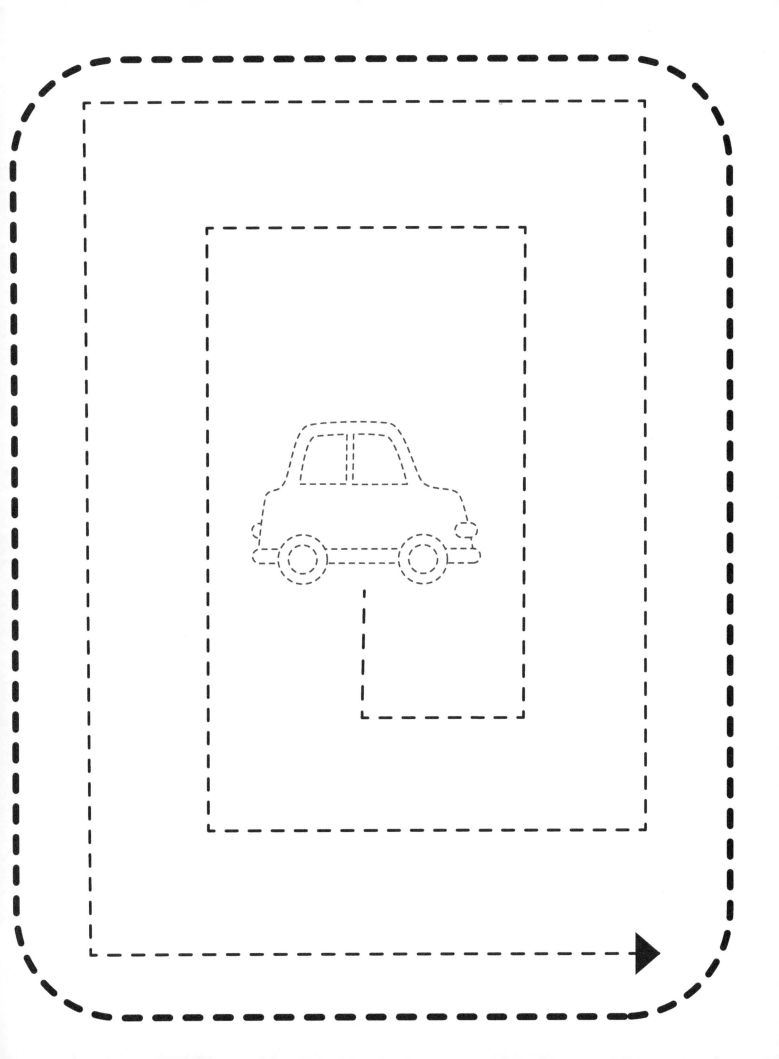

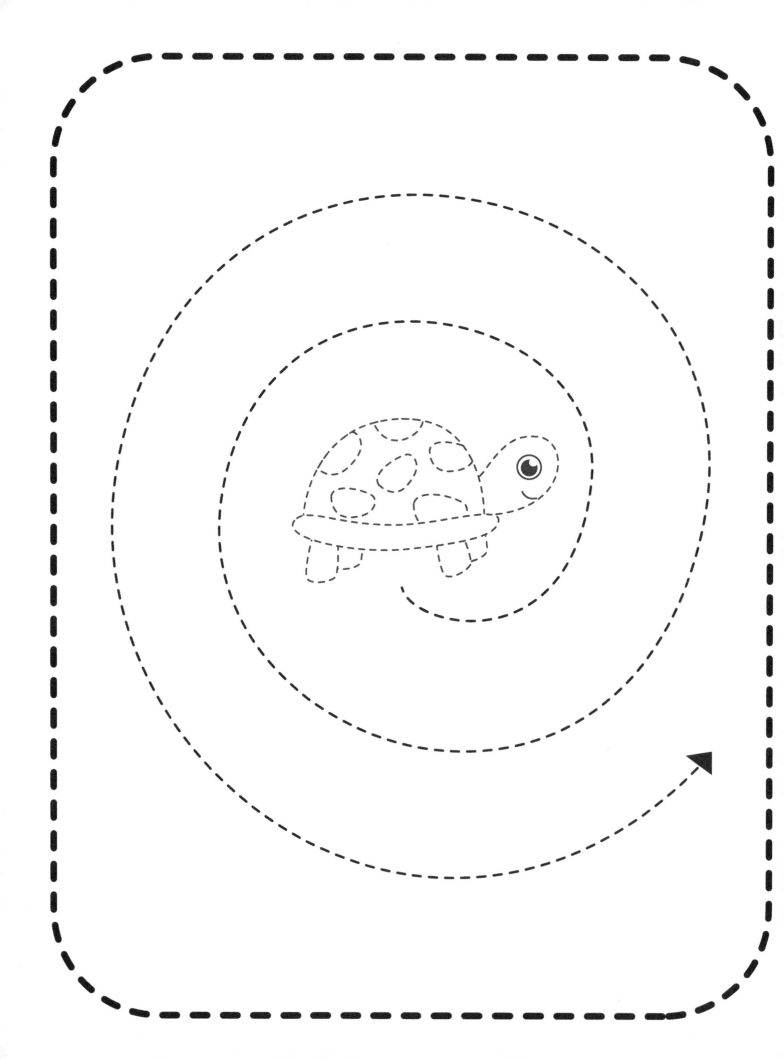

zero

0 0

0 0 0 0 0 0

0 0 0 0

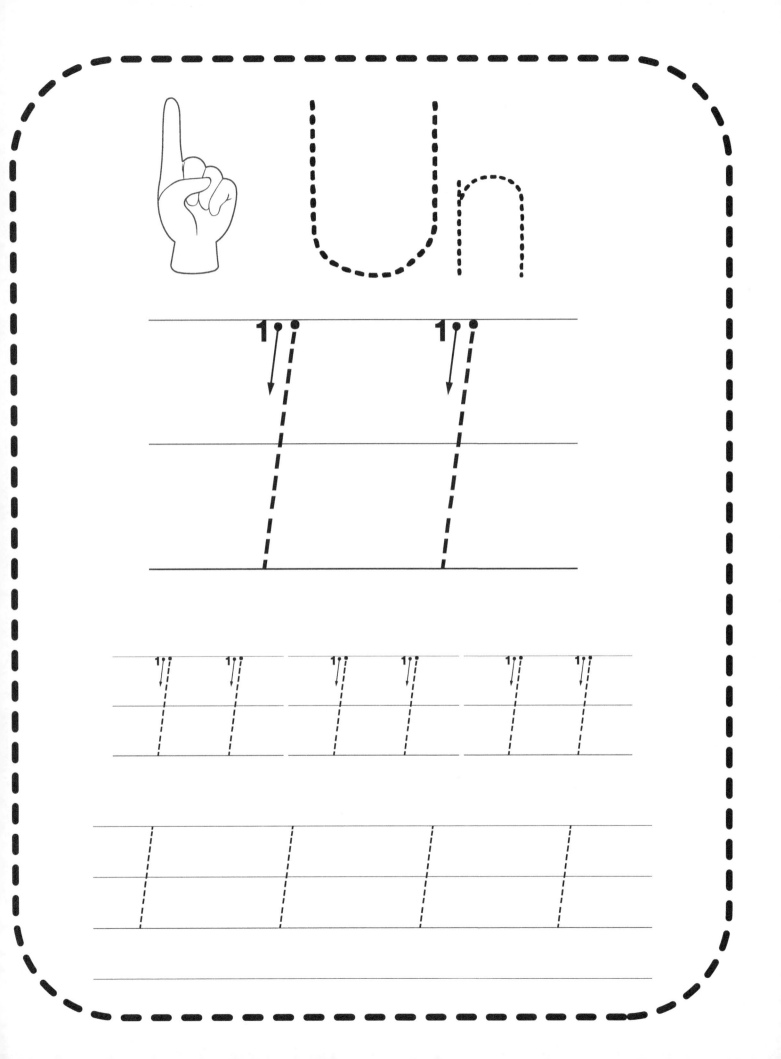

Deux

2 2

2 2 2 2 2 2

2 2 2 2

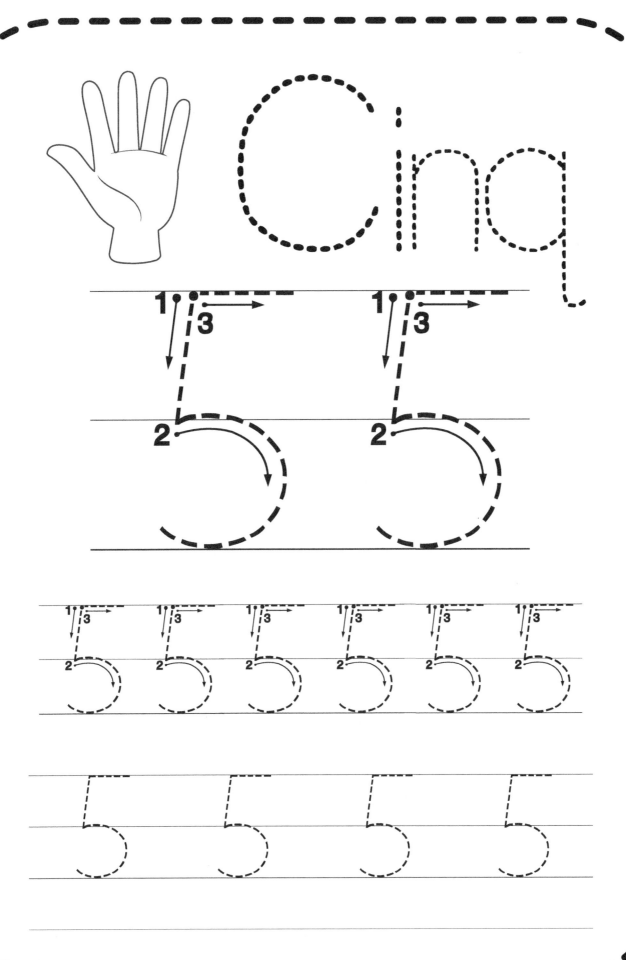

Six

6 6

6 6 6 6 6 6

6 6 6 6

Sept

Neuf

Dix

10 10

10 10 10 10 10

10 10 10 10

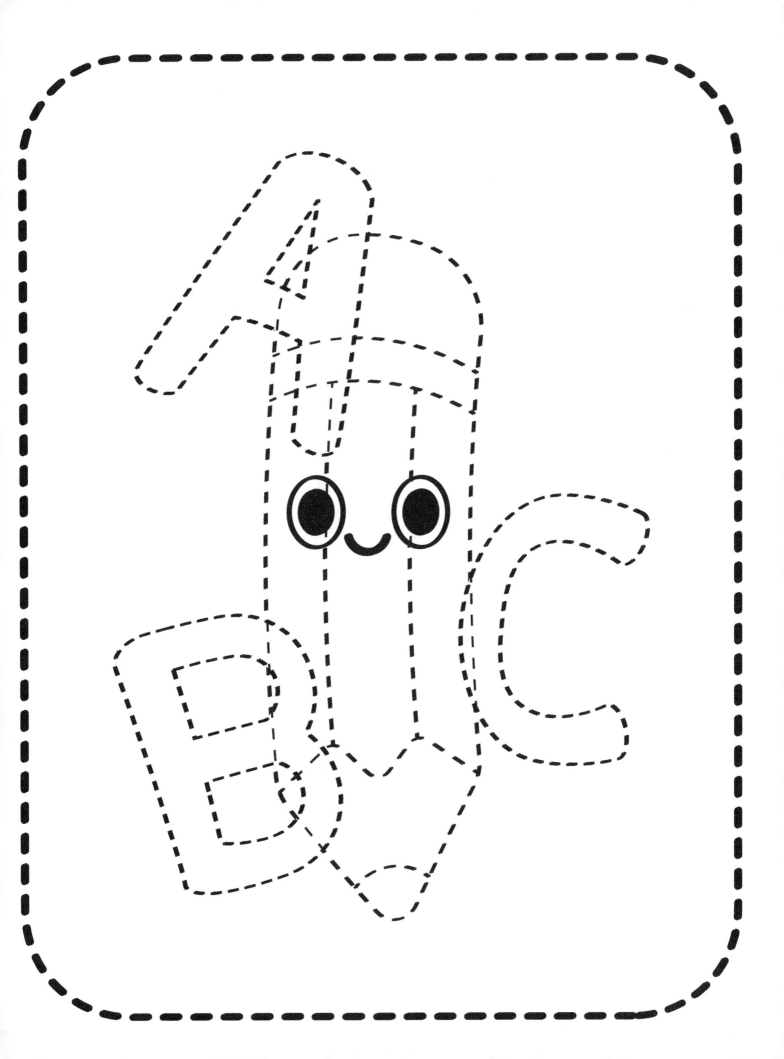

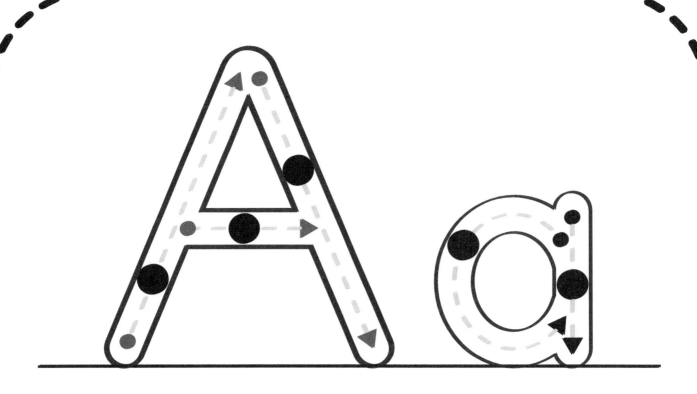

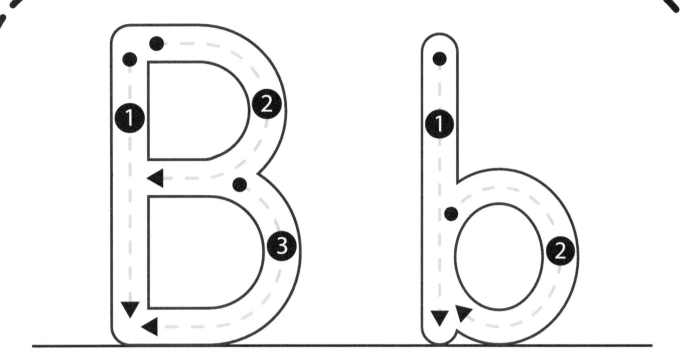

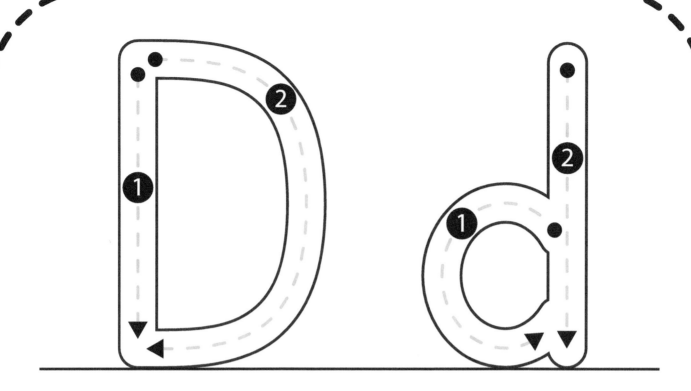

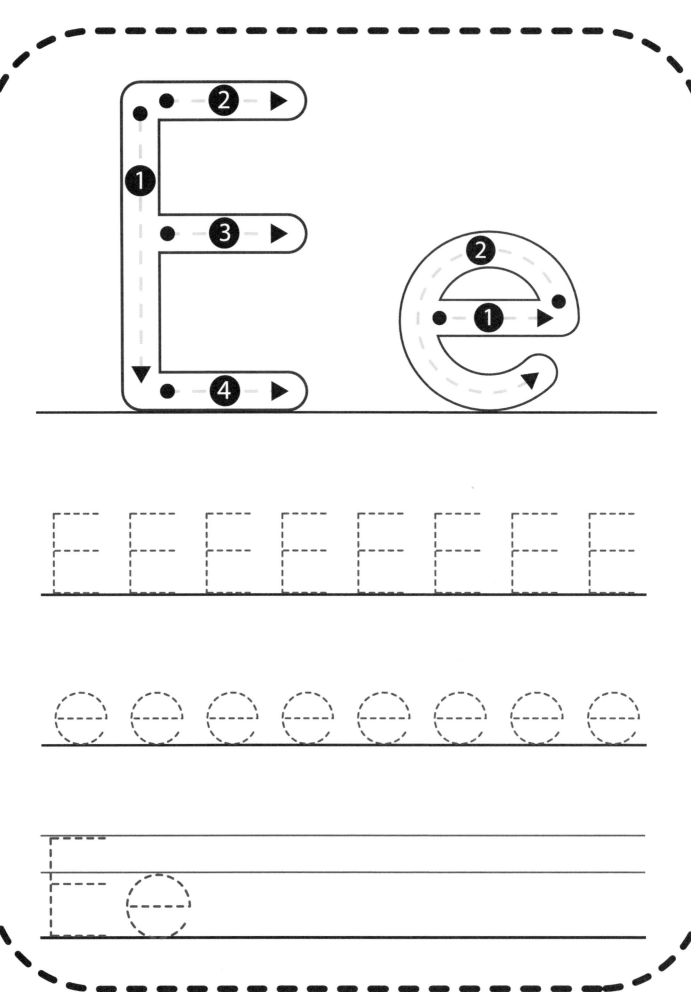

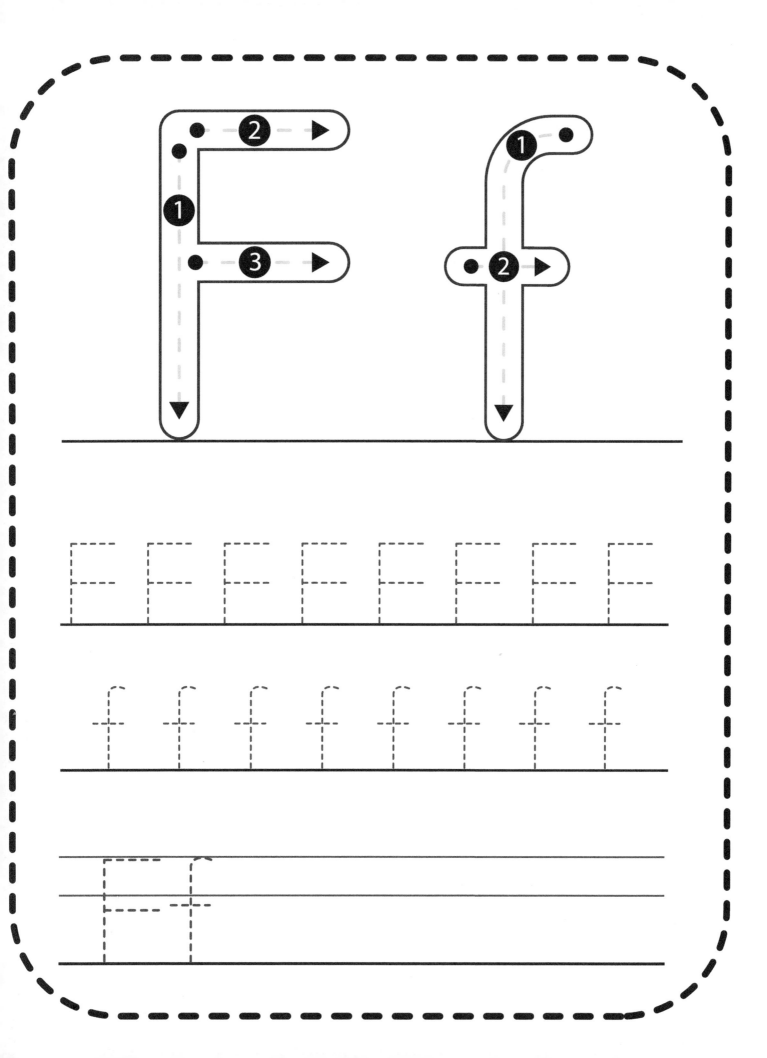

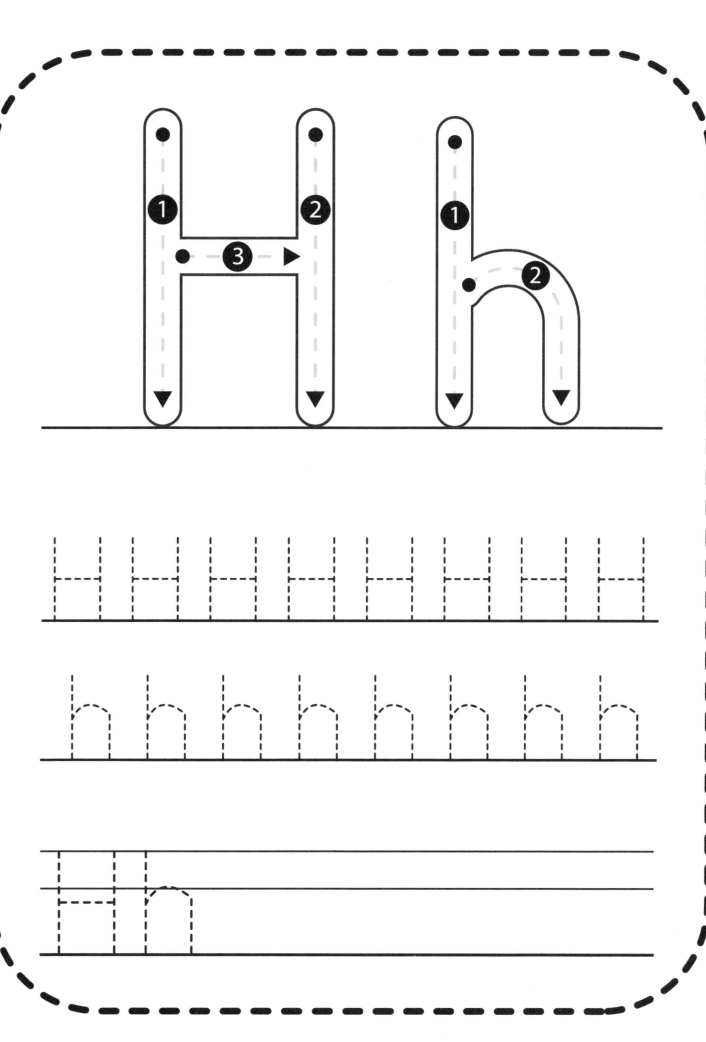

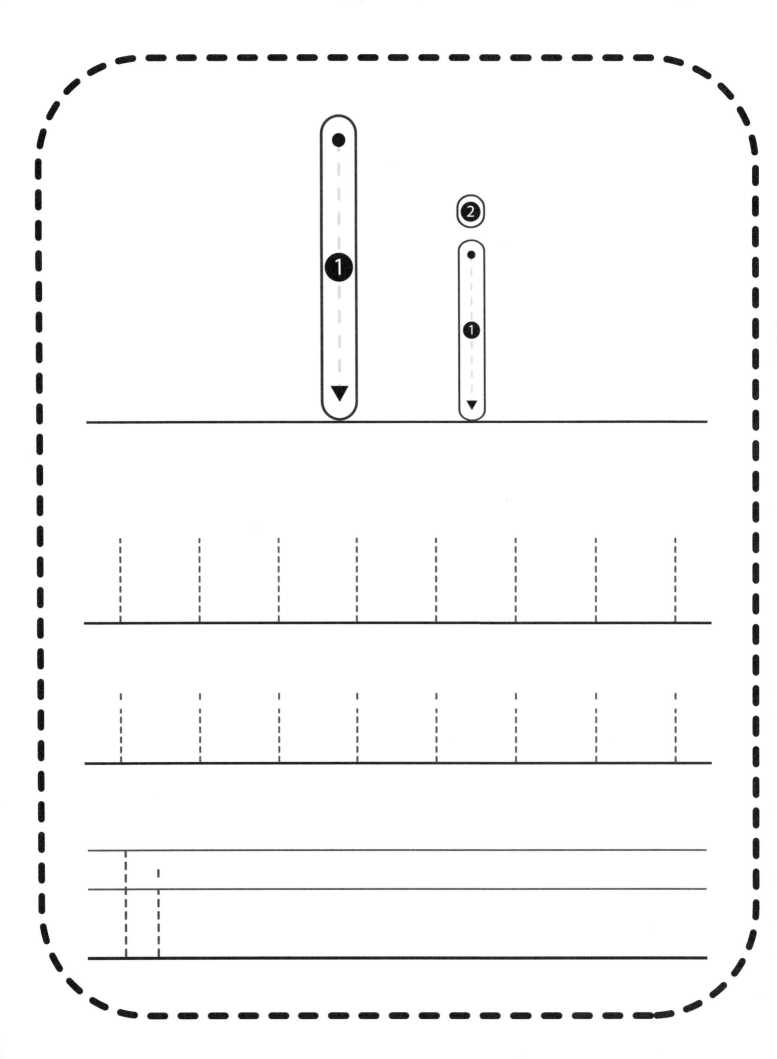

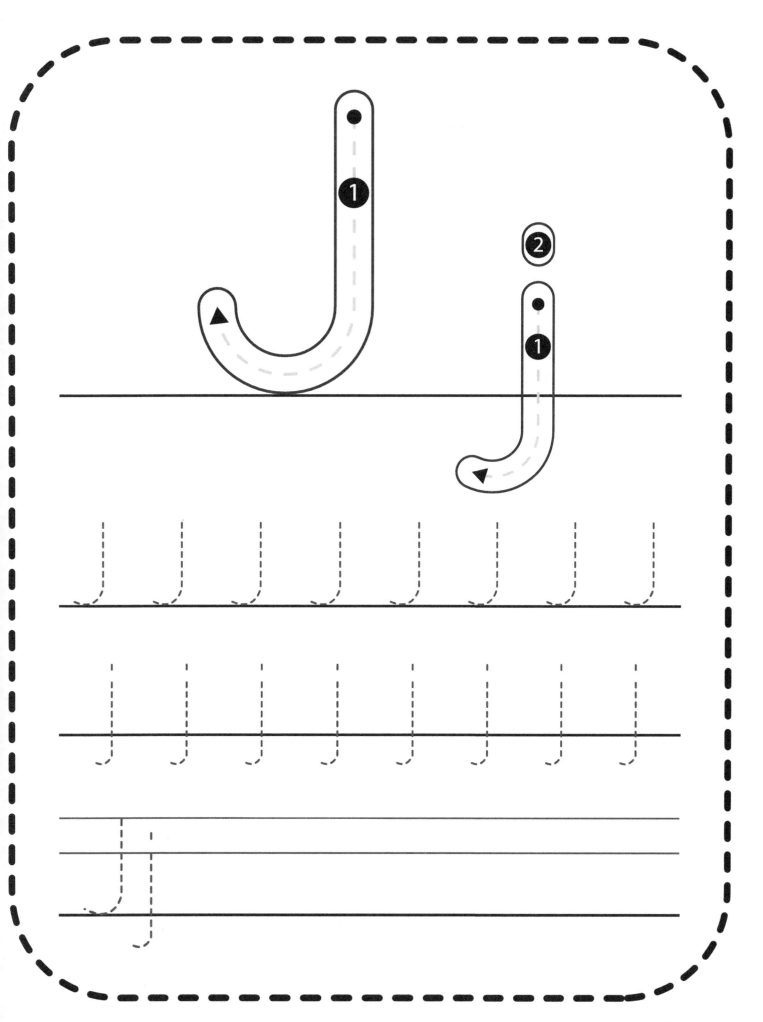

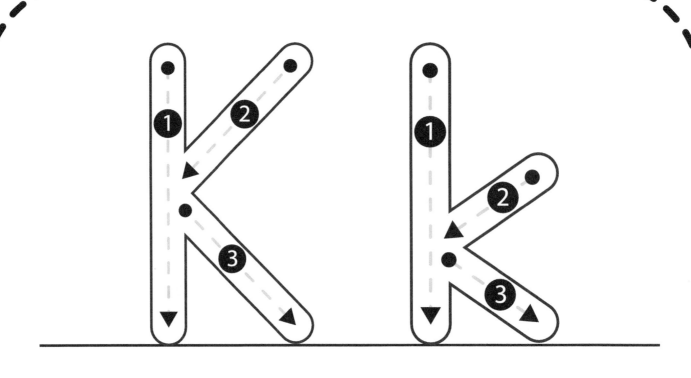
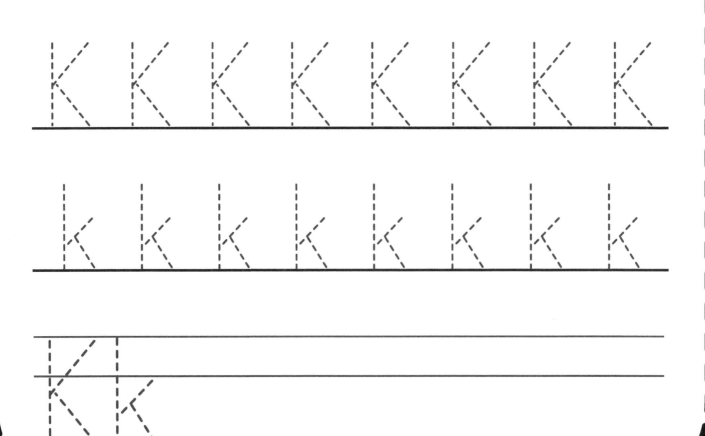

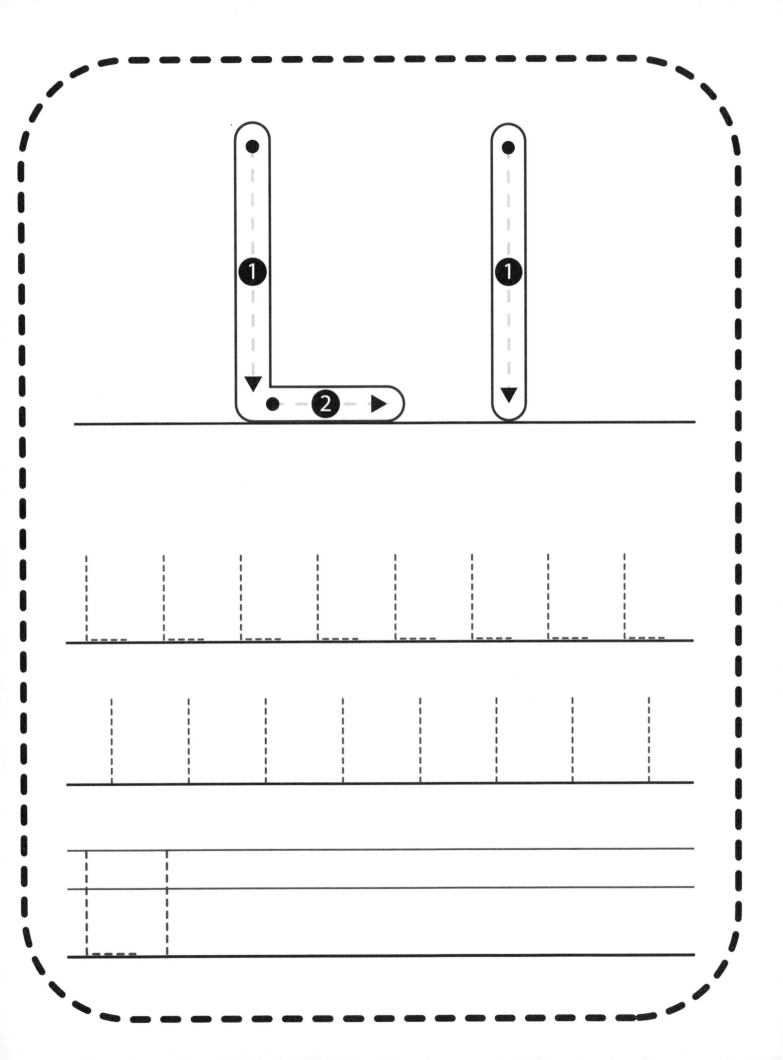

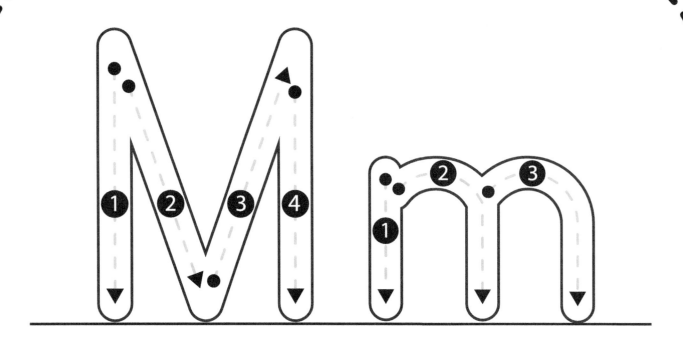
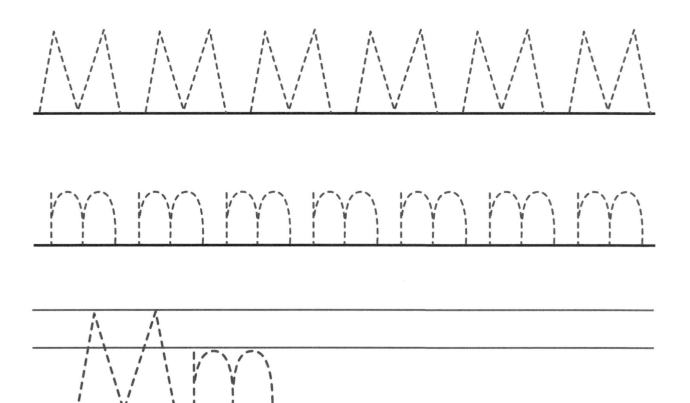

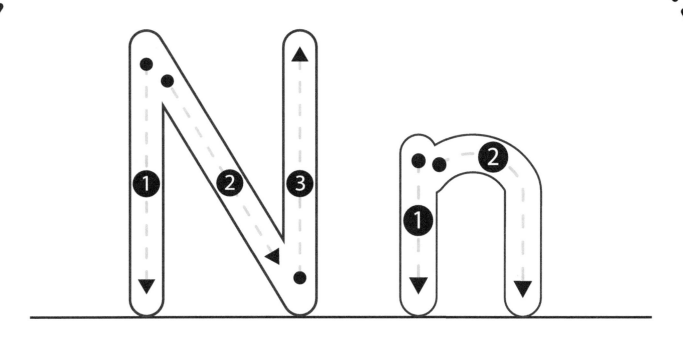

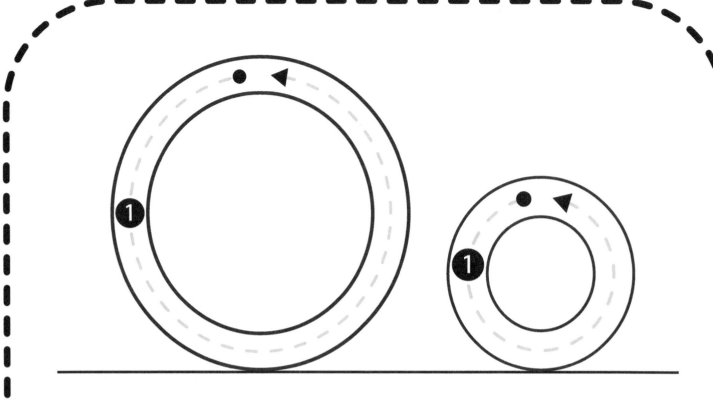

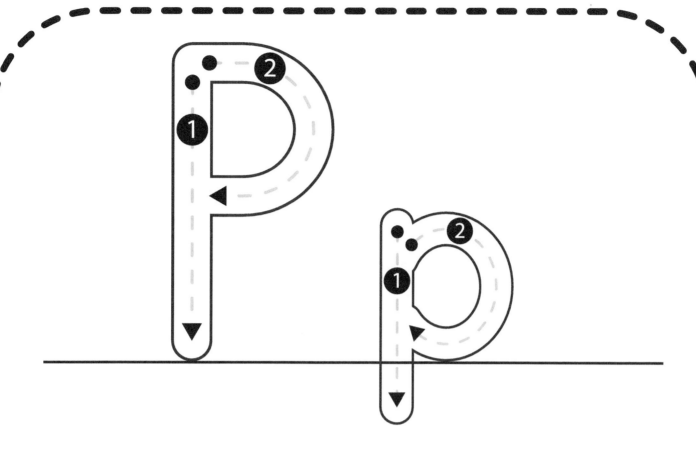

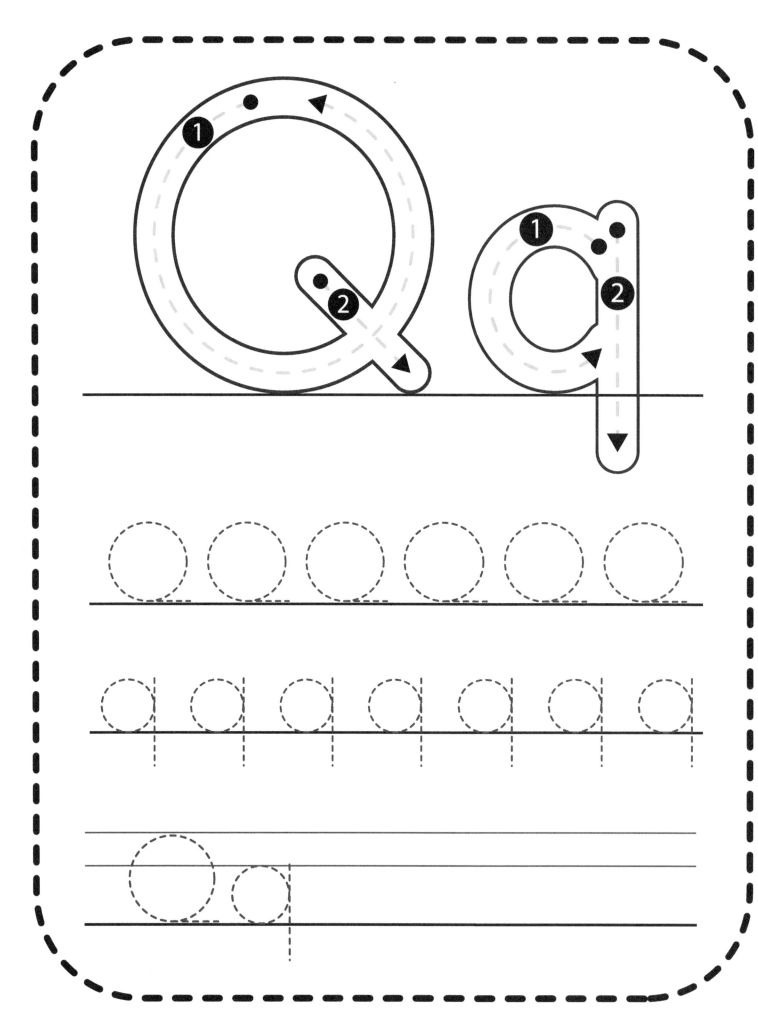

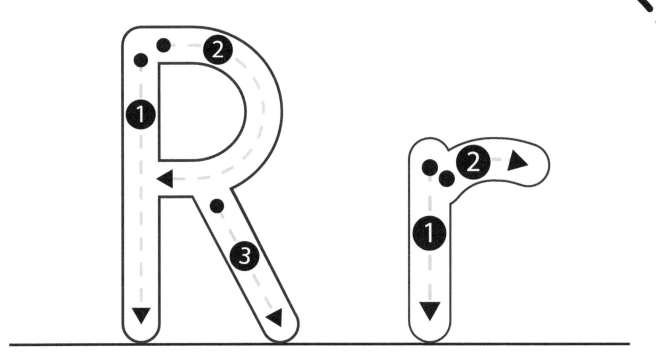

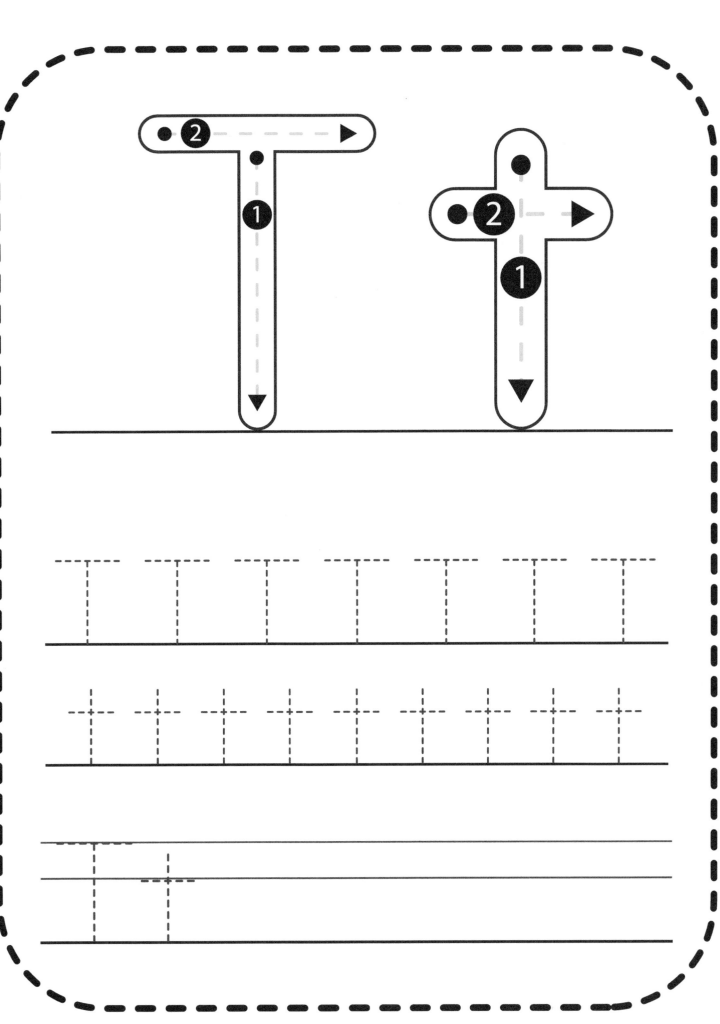

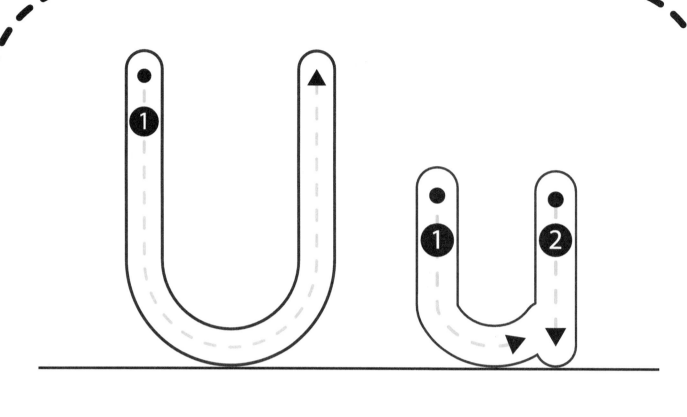
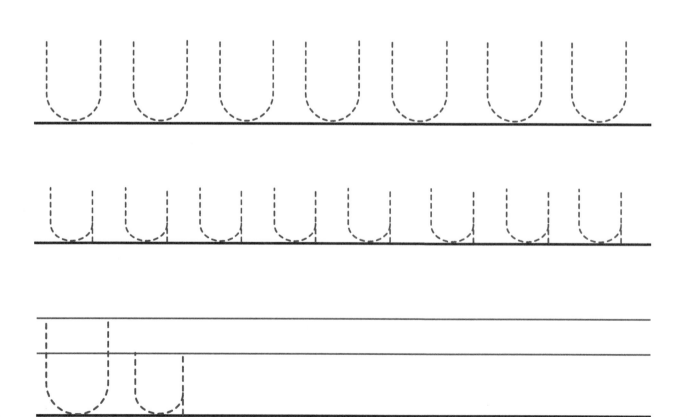

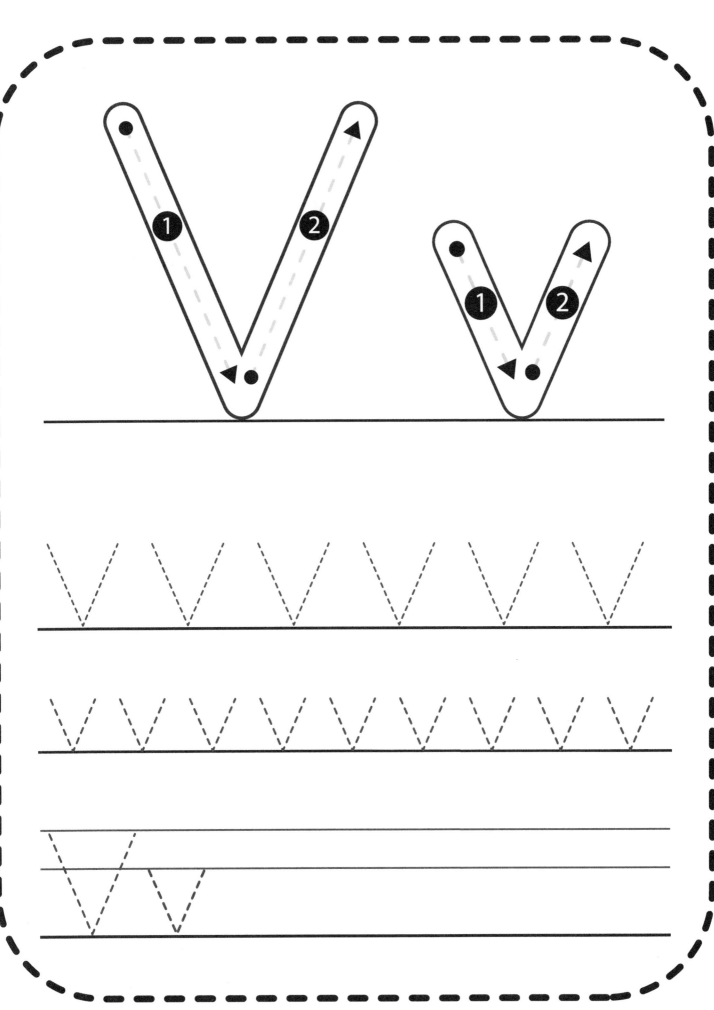

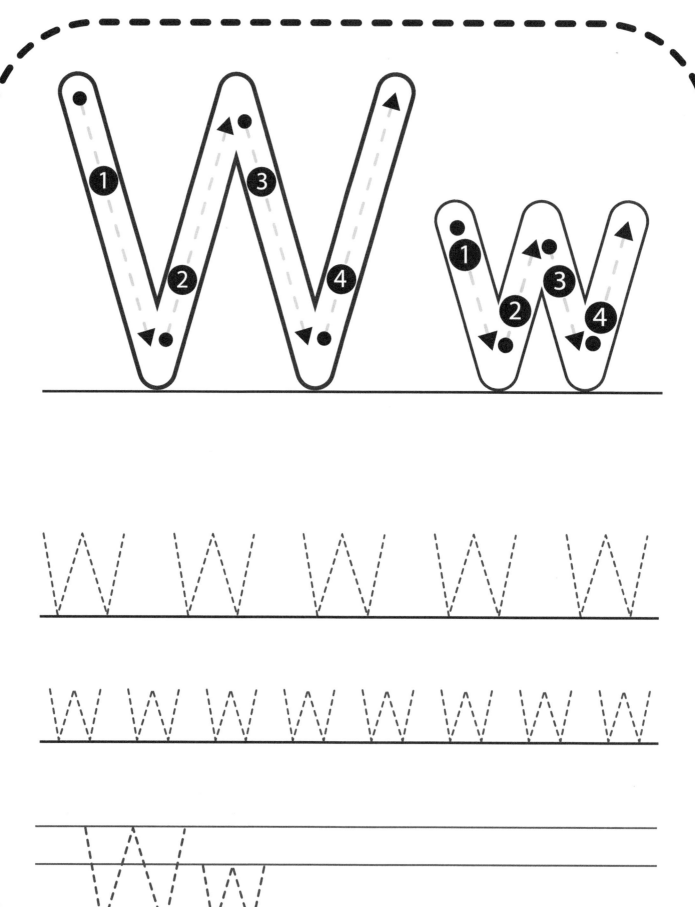

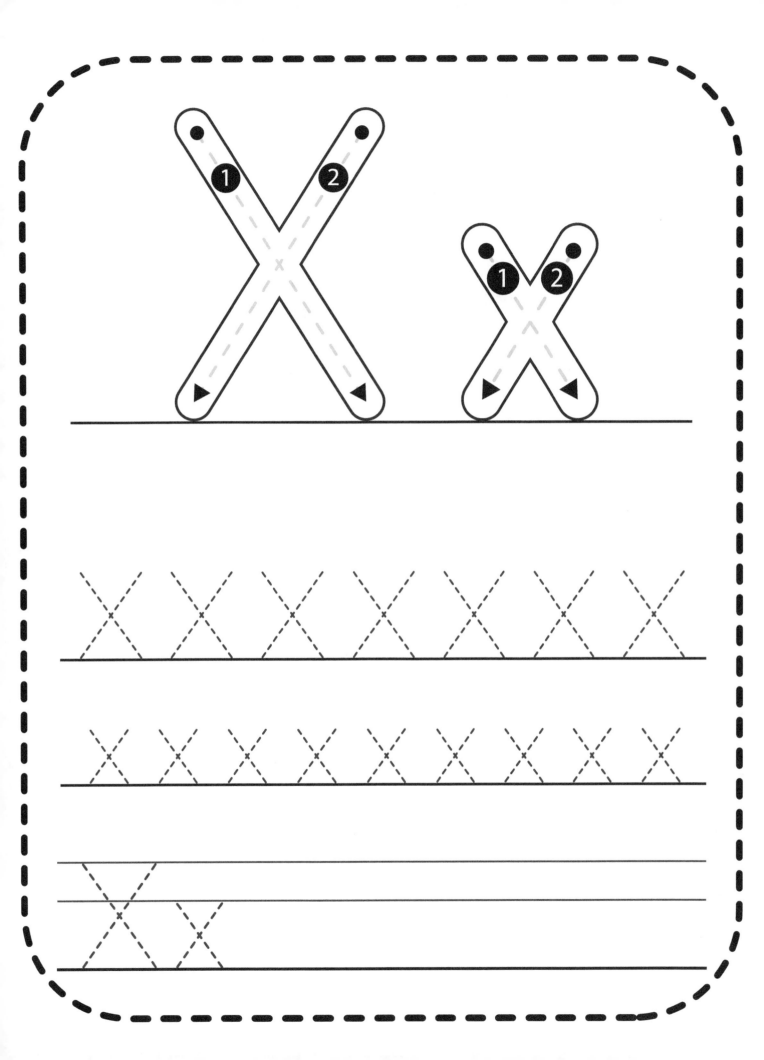

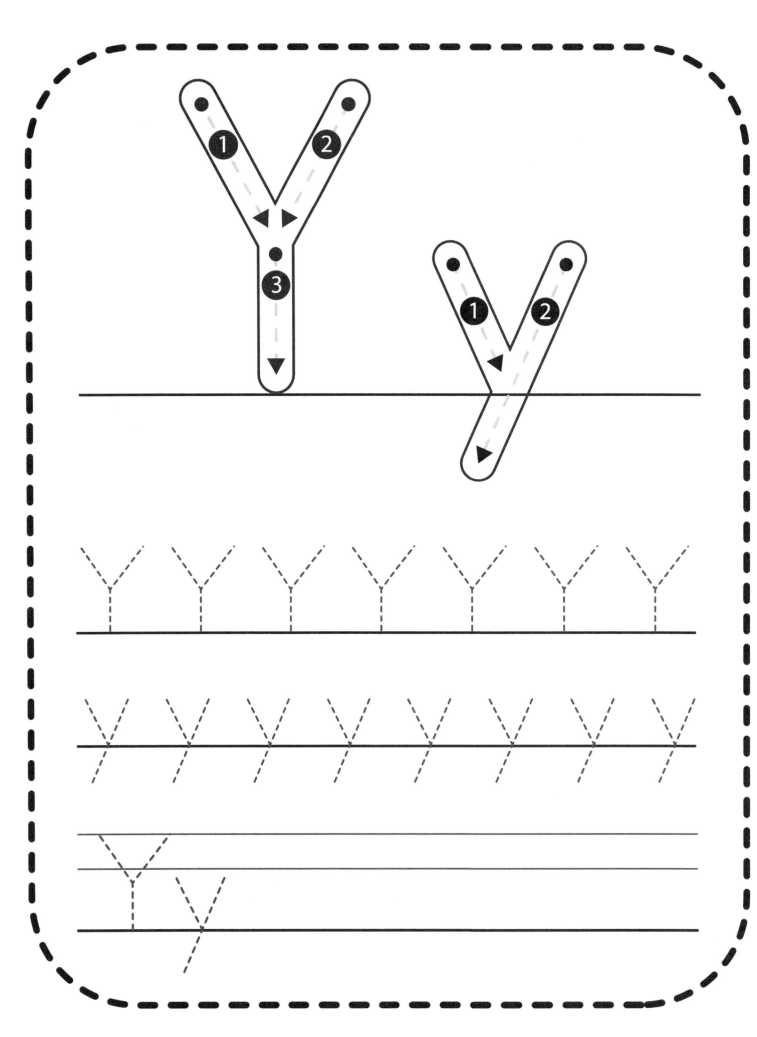

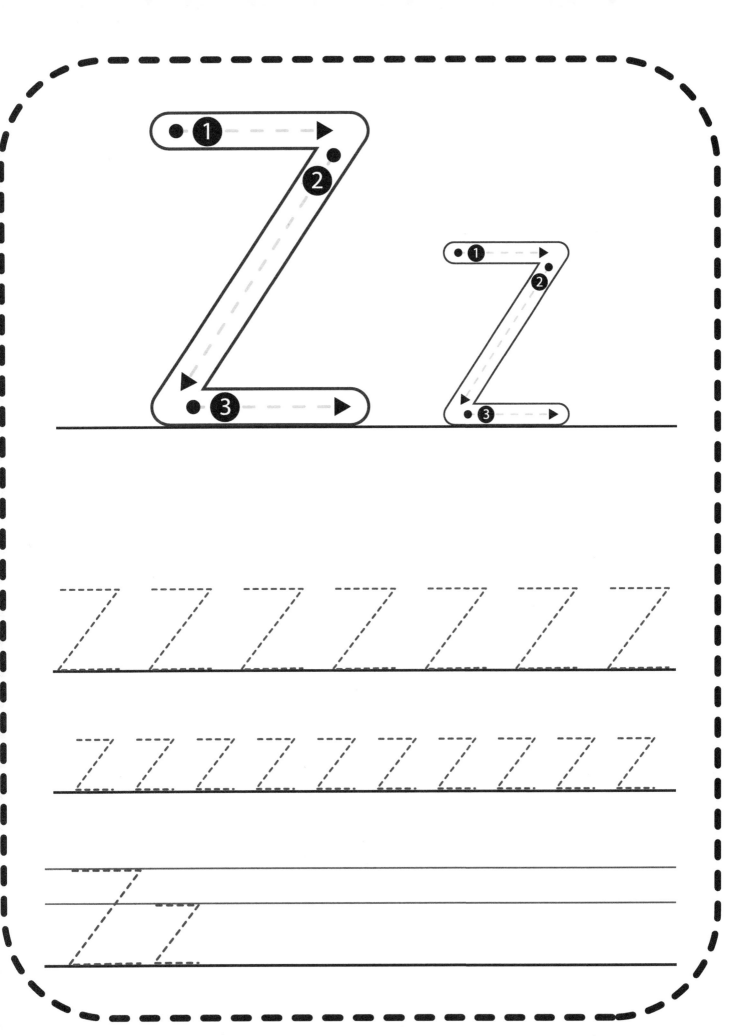

É cureuil

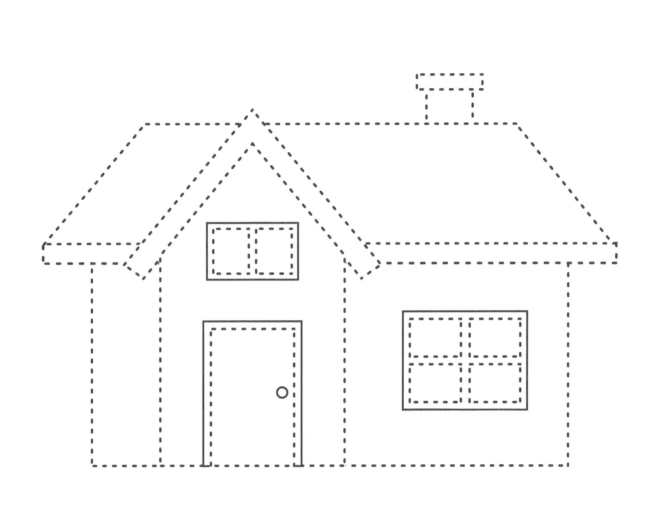

_aison
_

_uage

_uilles

Tortue

_stensiles

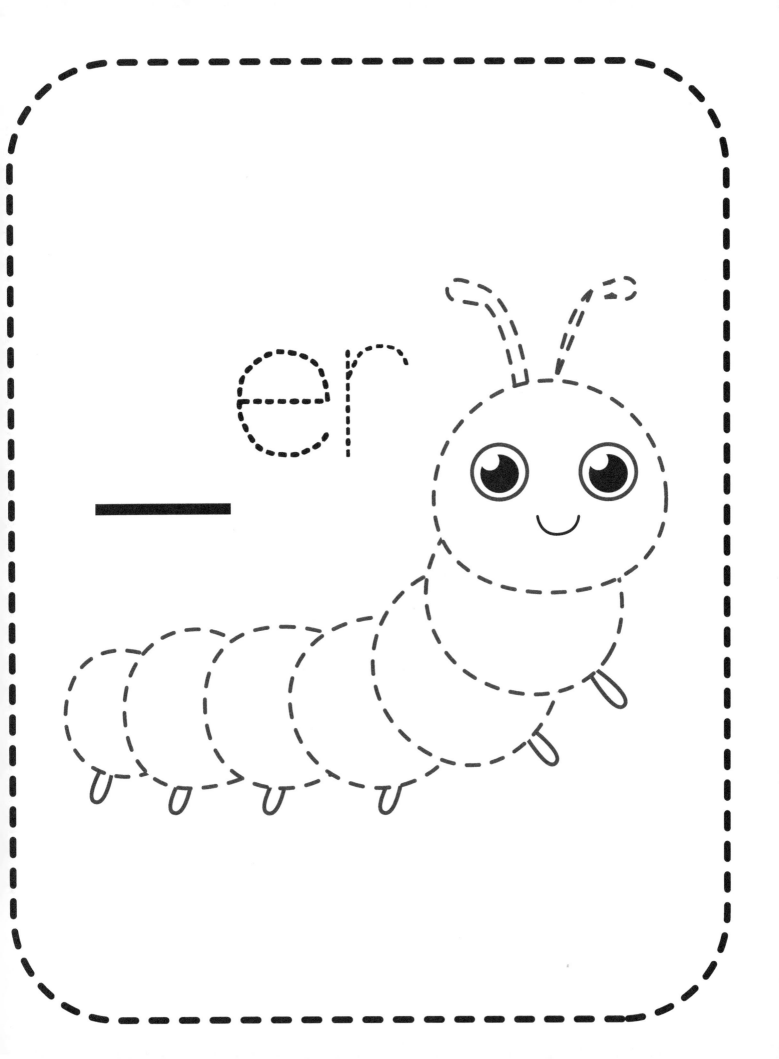

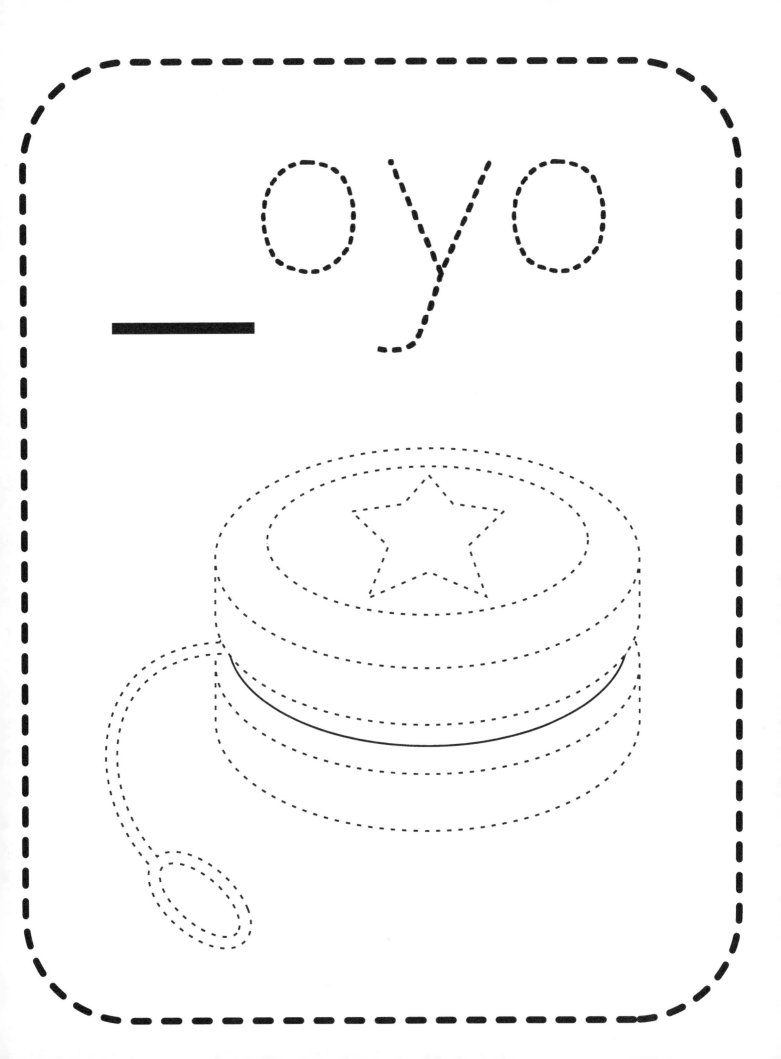

Printed in France by Amazon
Brétigny-sur-Orge, FR